恋姫人形

上

水間明美

Akemi Mizuma

文芸社

目次

恋姫人形　上

（公募受賞作品より）

泣きながら盲導犬と歩きくる私になにができるだろうか

（平成８年度ＮＨＫ学園全国短歌大会大賞）

コカコーラ、キリンレモンと垂幕の文字またしても読みてしまいぬ

家を出る時だけ男になっている夫の背中のグレイの背広

父親が一歩進めば幼な子がちょんちょんぷわぷわ三歩進めり

真珠

美しき言葉ほつほつつぶやいて真珠はき出す貝もありけり

おさなごの漆黒の瞳《め》よりわきいでてこぼるる玉こそ真珠と呼ばむ

たましいを濡らして香る白き花　梅林に青き風はぬけたり

白萩の滝のしらみず　さみどりの透きとおるまで言葉洗えり

野に畑に生命《いのち》の春の光満つ　せめてやさしき言葉聞かせて

桜咲き桜散りしと聞きし時まなうらに咲く一樹雪崩るる

目つむればさらに桜は散りやまぬ言葉ひとつを置き忘れきて

ここよりは過去に降り行く階段のペンキはげいる手摺りもありぬ

憂鬱をまとめ束ねし黒髪のはやくも夜をたぐり始める

幾千の羊にぎっしり囲まれて身動きならぬにまだ眠られぬ

午前二時の厨に立ちて水を飲む地球に音を滴らせつつ

すれ違いしわれはいかなる顔せしか例えばきりんの首のごときも

暗きもののみ見ておりし眼《め》が欲りて夕べの虹をあかず眺めぬ

夕ぐれのあじさい濃ゆき瑠璃の色　わが仮面そろりはずしにかかる

せめぎあい葉月を渡りゆく風よ　樹々のたましいひびきあうまで

身を委ね「やあ元気かい?」と言いくれるポプラの生命《いのち》の声を聞くなり

真昼間の暑さ大きく囁いてポプラの葉月のおしゃべりな風

ハメルンの笛に魅せられ導かれたずね来たれば　秋桜の海

薔薇色の唇さらに近づけむワイングラスの悲鳴きくため

薔薇に赤カラスに黒の色ありて私の色の知りたき初秋

本音をば言いたがる口に押しこめば歯ごたえ確かなナタ・デ・ココかな

異国語のひびきやさしき夕ぐれにモカの琥珀を香らせ始む

包丁を貝に差し込みくいくいくいとねじりし後に哀しみはくる

一人なら寂しなおさら二人なら　風のかたちに波うつ笹野

けずられて泣いてまあるくなりし石　輝きながら沈み行くかな

好き、きらい、丁度つりあう天秤の空とも海とも言えぬ一線

「百万本のバラを下さい」聞きながら千万本の薔薇の夕焼け

三百六十五の天気あるなり紅薔薇を貰えばたちまちシューベルトの空

玻璃窓のくもりなきまで磨かれて冴えきわまれり冬のソプラノ

ひまわり

花ならばわれひまわりの花ならむ一途に高き陽に向きて咲く

襟裳岬の澄みたる蒼に染められてわが瞳いまも海の色なり

いま君を羨《とも》しみているわれの眼を覆いかくせり黒きサングラス

わが悪しき心消えゆけたんぽぽのわた毛四方に吹きとばしやる

桜散らす風に追われて帰りきぬ昨日の哀しみまだ癒えざりき

りぼんより解き放たれしわが髪よ自在に夜の闇に遊べよ

君が目のあらぬうたがいに抗すべくわが顔徐々にきつくなりゆく

己が身を許さざるままよそおいて歩む真夏の陽のまぶしさよ

人に添い添い行きかねるうつし身の夏の太陽道を焦がしつ

きらめける夏の海ゆえいますこし金の袖ふれ夏の女神よ

林檎摘む林檎山なすあといくつ林檎摘みなば心満つるらむ

秋の野に秋津追いいる乙女子の声透きとおるかなしきまでに

娑羅双樹花散る里を訪い行きて白き心をわれも貰わな

過ぎし世の償いのため生まれ来しわれかも白き白き花買う

小さき世界

海のなき街に越し来てわけもなく潮の香恋し市場歩めり

三十路過ぎてアイスホッケーを始めたる友は日毎にたくましくなりぬ

「雪女のようねあなたは」と言いし友を吹雪の夜に思い出しおり

髪切りて顔をすっきり剃りあげし息子は鏡に目を剥《む》きており

時刻表一冊持てば空想の汽車は走れり銀河の果てまで

風呂つかう鼻唄の中へサイレンがことわりもなく割り込みて来ぬ

サイレンに家々の窓から顔出でて火事の行方を探しいるなり

寒鳩が五羽ほどポポポついばみて車通ればひょいとよけおり

余りにも見つめ続ける人の居てなぜと問いたし不快と言いたし

恩師今は盲《めしい》の生徒らを教えおり冬のガラスのような眼で

おさなごにくすぐられても耐えおりてくすぐり返さば跳びて逃げたり

思いしより「巨人」良ろしとテレビ観る夫はビールをうまそうに飲む

景品に貰いし金魚は今日もまた生きて小さき世界を泳げり

ふきのとう含めば舌にほろ苦くかの日の人の言葉のように

マラソンは白詰草の道走りいつもの老爺に手をふりて終る

新しき畳を拭けば張りのある手ごたえにして藺草《いぐさ》匂えり

美しき

手をつなぎまあるく五輪咲き揃うおおアマリリスの美《は》しき宇宙《コスモス》

おもいきり真っ赤な薔薇を抱え持ち年末ジャンボ宝くじ買う

母に薔薇兄嫁に靴友招きブルーマウンテン、きっとたぶん当たる

モモちゃんは人工哺育　人間から教わる河馬の泳ぎの、おっとっとっとっと

詩歌には一滴の毒美しきトリカブト生け致死量の冬

銃口

風すこしまあるくなって春近く一歩手前で立ちどまる君

年齢をなんでそんなに気にするの　たっぷり愛を受けとめる楡

水玉の傘をさすときましぐらにあなたの胸をねらう銃口

不平不満不運不幸を手放さぬおそらくそれが冬子の幸せ

伸びをして大きく手をあげふる陽子身の中心に春を飼いいる

ドラキュラ

家中のタオルを全て向日葵に　今日の太陽ひとりじめする

いじめられ踏みつけられて燦然と輝くいつもの主役のパターン

「ドラキュラを追っぱらうためよ」ベランダににんにく干してる理由《わけ》を答える

ゆっくりと泡だつビール　昨日より素敵な表情してみせようか

コンビニは誘蛾灯なれば群がりいる革ジャンパー、ジーパン、ワンレン

白き音

暑いねと言ったらなんのこれくらい丁度いいよと向日葵にっこり

カサブランカが愛の言葉を言いたげに開くほのかな白き音かな

移り気と言われるけれどいつだってあいの色香の濃ゆきあじさい

太陽に恋した日からぬばたまの闇にひっそり花月見草

霧色の言葉ひらひらなびかせて風呼びとめるあわれさぎ草

私だって桜なのよとはにかんでほほえむ秋桜
ホホホ
ホホホホ

ASSERT（主張）

花器になってもピカソはピカソきわだちて生花展に主張している

「見て下さい、家《うち》のですよ」地球よりはえて堂堂そびえる一位

すれ違う時に思わず「ぶわくしょん！」少し離れて「オッホッホッホ」

人間との違い一パーセント　手をすりて催促しているチンパンジーは

夏のささやき

「東京はとっても混んでいましたね」デービッド山口は日系三世
「札幌は混んでないです」私はさっき時間とすれ違ったばかり

朝の陽をかきまぜ紅茶を飲む時にほら聞こえくる夏のささやき

瑠璃色を三角に切りヨット行く故裕次郎も手をふりて行く

列島をふかし鍋に放りこみどうだどうだと蒸している夏

シャーベット天然ジュース純ゼリー結局みかんに戻って皮むく

ころころと林檎ころがり転がされ痣になってるエクササイズ

「あなたは包みこむように穏やかで」今日の皮を一枚はがす

時間の間をぬって流れてどどおと海へなだれる石狩川かな

ゆったりとビール飲んでる　百合が咲き輝き終る前に答えて

柿すくい君と喰むときひんやりと銀のさじよりこぼるる言葉

水芭蕉

立ち止まり水面に姿映してる涼しき美女は水芭蕉の花

唸りつつ驀進してくる人間が造りし魔物・大型ダンプカー

流暢な英語で話しかけられぬ林檎並木の春のまぶしさ

にわか雨雛鳥のようにおさなごは母に守られ急《せ》かされている

我を抜き自転車の少年たちまちに消えし頃より雨らしくなる

約束のように降り出した午後三時　わがコーヒーは雨の匂い

夕暮れの紫に雨が溶けて行く真白い傘の私を置いて

夢食べてシューベルトを聴きおりぬ桜は午後より吹雪となれり

尾をくねらせ悠々泳ぐアリゲーター鰐といえども芸術的なり

半身を泥に埋めて身じろがぬ魔法使いの目を持つ大鰐

ぼってりとふてしさまにて散りたるは芥子の真っ赤な色にふさわし

ポプコーン

海越えて来しゆえ碧さ増したるかメアリーの眼に視つめられおり

飛んで跳んでジャンプしてカール・ルイスより凄いぞジョン！

宙に跳ねくるりくるくる鮭たちは揃ってトランポリンの名手

「貧血にいいよ」たったのひと言で魔法にかけられ蓮根買いぬ

超豪華と息子喜ぶカレーライス　焼肉、餃子、コロッケ入りなり

ポプコーンを二倍もおまけしてくれて羞《はにか》んでいる模擬店の人

私がほかほか貰いしポプコーンを大手を振って子が食べている

ドラマ見てまたドラマ見てドラマ見て老女は消灯時間になれり

風

顔しかめ雪道を行く太き猫身を丸くしてつまさき立ちて

大仰な表情動作のコメディアン頭痛・風邪ひき・日曜・ひとり

初物のアスパラ背筋が伸びている手紙の返事を今日こそ書かむ

ジーパンとともに洗いし腕時計ピッと一声息引きとりぬ

地下鉄で高校生をビンビンと叱りつけてる熟年がいる

ラベンダーを揺らし夕べの風とおる部屋ぬち海の底のむらさき

列なしてハッチ登り行く人ら空にぶつかり折れ曲りたり

大壺に大きひまわりおおどかに生けられおりぬ　今を生きてる

薔薇

ごしごしとムクが体をすりつける焚火のようだねほっかほかだね

横になり斜めになってる日曜の夫に頼めり南瓜のたて割り

ミュージシャンらしき男の獅子頭風吹けば風に雄々しくなびく

信号を待ってる五秒「照焼きのつたや」の電光文字も流れり

詫びながら乾きし薔薇に水やりぬ棘ある言葉言いし夕べの

にわか雨の激しき会話脱け来たりニセアカシアの淡き白はや

隠れたる棘に刺されぬ花束の哀しみあばきし罪もあるらむ

秋色

たとえればやさしき人の言葉かな小春日和の銀杏並木の

幾千のうろこ、うろこ、またうろこ、如何なる魚が空を泳ぐや

ナナカマドの朱色赤色紅の色　正方形にさんさんと秋

紅葉に微笑むように陽が射せり秋より明るきものはなかりき

一葉さえ人は造れぬ全山を秋色にせしその力はや

紅葉なす四方の山々さりげなくひきたて湖《うみ》はひたに静けき

白井岳小天狗岳も登りしと湖に言いたり湖より聞きぬ

秋たたえる言葉も夕陽ものみこみて湖こそいよよ輝くならむ

山あいの紫の虹かなしかりみやこわすれを手折りしはいつ

金の銀杏ナナカマドの朱　帰り来て爪の先までいまだ秋色

ゆりかごの五つ子の如きどんぐりよ汝が恋う山の今朝の初雪

夏

夏、夏、夏、緑、緑をかきわけて時速百キロで進む会話

欠伸ひとつ終れば城が目の前に手品見ている時速百キロ

柏林の揺れいるさまが一枚の生きている絵・大きな玻璃窓

羽化前の未熟な緑の殻の蟬夏のドレスは緑をえらぶ

パートナーを求める蟬の鳴き交いて自然であること美しきこと

旅に来て海老の正しい食べ方を習いいるなり正しかるべし

羽枕くらくらくらら傍らの寝付き良き友うらやましきかな

「絵ハガキは駒草がいい」少しだけわがままを言う旅の終りに

もう一人殺せば優勝、投手の必死の形相泣きそうでもある

優勝か一打逆転かこの一球、涙でピッチャー投球できず

鼻水と涙でぐちゃぐちゃの投手を撮《うつ》し続けるカメラ

ガラスの都会

一生にたった一度の今日のため丁寧に入れるハワイコナの朝

いっせいにわた毛が空に飛んで行く昨日の私の言葉をのせて

「お客さんは美人だからね宝くじに当たったと同じ、はい十枚」

「この白い麦わら帽は誰のですか?」風が言葉をもぎとって行く

かれんなる高校生の胸もとの二匹の熊ににらまれている

革鞭のしなやかにそりずっしりと食い込んでくるあなたの言葉

朝食に昼食夕食食べ終えぬ　十月二十日をきちんとたたむ

サイレンがヒビを入れ行く午前二時　こわれ始めるガラスの都会

夜の地下鉄

雪にまみれ凍える人をすくうため地下鉄ぽっかり口を開けおり

いねむりが運ばれ来たりたちまちに運ばれ行きぬ夜の地下鉄

改札をとおり階行く人波よ流れのままに生くるは易き

異国語の会話は音楽、アンダンテうねうね進むエスカレーター

開演を待つ身にふいに聞こえたり「うちの旦那が女をつくってね」

百人一首

ひさかたの百人一首セピア色のやさしい正月ほらみいつけた

「恋しかる」「猶恨めしき」万葉の頃より人はせつなからむも

五十首を過ぎし頃よりひたたれの藤原定家がのぞき見ている

カナダより帰りし女がふと言えり「セブンイレブン懐かしかった」

ロード・グレイの灰青色の目の中にカナダの森が時によぎれり

あいうえお

秋の青ボールぐいーんと放りあげ宇宙《そら》の深さを測ってみようか

いつだって手紙の中なら私は「夢二」の世界に棲んでる女

うらみつらみいと恨めしく言いつのる　後ろの正面冬が立ってる

縁側にふかふかあたる秋の陽の黒猫つんと毛づくろいする

オホーツクはゆったり揺れる水たまり「地球交響曲《ガイアシンフォニー》」酔いて候

身体中のねじというねじゆるゆるに泡湯アロエ湯ハーブ湯それから

黄葉もみじ少女のさざめきかき集め竹のほうきの水の晩秋

クノールスープのさじの加減でかきまぜて乱してみようか君の胸中

けったいな歌のごとくにぞろぞろと羊出てくる　眠れないよ

コーヒーの香りの言葉　良いことを言う時君は良い表情《かお》をする

さりげなく斜《はす》にティィッシュ渡される「テレホンレディ大募集中」

「仕事半分遊び半分在宅ＯＫ時給三千円」おお……バカタレ

垂直な君の言い分受けかねて水平線のやさしさを言う

セーターに向いてる「かでる」のカウチ色　ロスアンゼルスは曇のち晴

空が高いなんてことなど言わないが思いきり伸びをしているポプラ

たちつてと並べて替えてちとたつてひっくり返して焼いてる秋刀魚

近々に地球の終りがくるらしい今朝はとびきりブルーマウンテン

つるばらのねじれねじれて棚伝いためらいつつも行きつく君へ

鉄砲の早撃ち曲撃ちしゃべる口　ゼナで元気でナゼ元気ぜな

戸が震うほどの激高「微、軽、弱、中、烈、激」震度は廃止

なにぬねの涙をのんで何度でも長らうなんとにっくき水虫
(私は水虫は飼っておりません)

虹の色とわに仕舞っておきたくて大きく開ける白い引出し

ぬばたまの夜にひび割れ入れようか火の色の酒ゆっくりそそぐ

「寝るときは猫でも抱いて」花束の狐顔《フォックスフェイス》一本抜きとる

のりゆきの微熱ふきげんえんえんといつまで続く菜種梅雨かな

はひふへほ端から吹けどはつかにもはんなりとしてビクともせぬ海

文芸社の本をお買い求めいただき誠にありがとうございます。
この愛読者カードは今後の小社出版の企画等に役立たせていただきます。

本書についてのご意見、ご感想をお聞かせください。

①内容について

②カバー、タイトル、帯について

弊社、及び弊社刊行物に対するご意見、ご感想をお聞かせください。

最近読んでおもしろかった本やこれから読んでみたい本をお教えください。

今後、とりあげてほしいテーマや最近興味を持ったニュースをお教えください。

ご自分の研究成果や経験、お考え等を出版してみたいというお気持ちはありますか。

ある　　ない　　内容・テーマ（

出版についてのご相談（ご質問等）を希望されますか。

する　　しない

ご協力ありがとうございました。

※お寄せいただいたご意見、ご感想は新聞広告等で匿名にて使わせていただくことがあります。

※お客様の個人情報は、小社からの連絡のみに使用します。社外に提供することは一切ありません。

■書籍のご注文は、お近くの書店または、ブックサービス（0120-29-96
セブンアンドワイ（http://www.7andy.jp）にお申し込み下さい。

郵便はがき

料金受取人払郵便

新宿支店承認

511

差出有効期間
平成22年2月
28日まで
（切手不要）

160-8791

843

東京都新宿区新宿1－10－1

（株）文芸社

愛読者カード係 行

ふりがな お名前				明治 大正 昭和 平成 年生 歳	
ふりがな ご住所	□□□-□□□□			性別 男・女	
お電話 番号	（書籍ご注文の際に必要です）	ご職業			
E-mail					
書名					
お買上 書店	都道 府県	市区 郡	書店名	書店	
			ご購入日	年 月 日	

本書をお買い求めになった動機は？

1. 書店店頭で見て　2. 知人にすすめられて　3. ホームページを見て
4. 広告、記事（新聞、雑誌、ポスター等）を見て（新聞、雑誌名　　　）

上の質問に 1. と答えられた方でご購入の決め手となったのは？

1. タイトル　2. 著者　3. 内容　4. カバーデザイン　5. 帯　6. その他（　　　）

ご購読雑誌（複数可）	ご購読新聞 新聞

羊が一匹羊が二匹羊が百匹あらら羊があっかんべえを

ふふふんと笑ってへの字に口結ぶ天の邪鬼を飼ってる男

ヘプバーンの「ローマの休日」のあの笑顔　今世紀最大ヘール・
ボップ彗星

方眼紙ありとあらゆる線を引き美しい嘘思いつくまで

まみむめもまあ見てくれとまみえたがまあこはいかにマングローブの森

みしみしと心が音をたてながらどしゃぶりになるスリラー映画

むくむくのくせ毛の男が家を出て半分になった頭で帰る

めいっぱいファインダーに神を呼び春の深さを撮っておこうか

「もぐる時はイルカに習っているだけさ」海の青《ブルー》を手で摑みつつ

闇の底へかさこそかすかな音たてて ただ沈み行く壺中の母

夕べはね雛人形がうるさくて寝不足ひな子の花曇りの瞳《め》

夜通しを笑いさざめきはしゃぎいる一年ぶりの雛《ひいな》人形

らりるれろれろれろばあとあやしたら泣かれて地球の蓋ふっとんだ

りんとして亡母《はは》のクリーム棚の上ひんやり白い風の手ざわり

「ルネサンスが必要なんだ」ウェディング・ドレスのようにうさん
くさく言う

れんめんと母の形見の矢がすりのえんじの色の褪せて行く秋

ロングセラーの恋愛小説《ラブストーリー》のようにゆったりと夕方になる五月のベンチ

私は人と比較をするよりもこのかたつむりを見習うつもり

ゐの年にあなたにあげたゐのししの置物あれは豚に食わせて

彫《ゑ》る腕に力をこめて怨《えん》ずれど槐の童子は笑《ゑ》まうのみにて

小倉山《をぐらやま》峰のもみぢ葉小暗《をぐら》くて君の彼方《をちかた》探すもならず

ンゴロンゴロ動物園の黒犀の赤ちゃんスッテンコロリンンゴロ

鬼百合

ミケ払いトラを飛ばしてストーブの前を陣どる七十五歳

堀歩く猫にも罪などあるならむギザギザ釘が行く手をはばむ

高齢の三十歳にて出産すシマフクロウは自が齢知らぬ

人はしも本当のことは言わぬものぐいと首あげ開く鬼百合

ふいうちにすれ違いざま浴びせ行く紫煙の中の男の匂い

家族でも友でも仲間でもなくて四つの集団信号待てり

しこしこと金時豆を煮含めて甘みほど良く歯ごたえある友

ニュースでは景気底入れ思いきり欠伸しているタクシー運転手

あじさい色の夏

階段を二段跳びして消えて行く若さは時間《とき》の先を行くなり

七人の中年女性が語りいて太りたいのが一人だけいる

傷つけあう煩わしさを避けるため季節はずれの暑さを言えり

何度くらい拾われたのか百円に似ているコイン拾ってしまえり

あまりにも強く握手をする男《ひと》へ心の中で平手打ちする

もうほとんど暮れてる公園うつむいて座り続ける一人の少女

わたくしがわたしを忘れ箱根路にあじさい色の夏を探せり

箱根吹く風は緑の色をしてあなたのように耳にささやく

芦ノ湖とあじさいと二つの美術館　ワンモアアゲイン天秤傾く

むらさき

うねりつつ絡むカーテン　生まれ来し時より長き黒髪持てり

透明な心に疲れ始めたり言葉の数ほどあわだつソーダ

言葉にはならぬ想いのクロワッサン伸ばして叩いて醗酵させて……

おおどかに咲きし白百合なれど香はかくせぬ女《ひと》の赤き唇かも

少しの間並み歩みしときめきをそっと畳めり　むらさきの傘

なかなかに寝癖なおらぬこめかみにかかる髪より青《ブルー》になる街

黒髪を風のかたちのそのままに逢魔が時に出逢いたる女《ひと》

蝶心

さわさわとやさしき風に揺らされて万のチューリップに万の親指姫

百合根には何の抵抗もなかりしをチューリップ饅頭買わず帰りぬ

満ちている香りも共に写したき今日を限りの芝桜花

顔寄せて花の表情よんでみる蝶心ここにきわまりにけり

わが思い白蝶となり夢の中花公園を舞いているなり

夏のドレス

待つことがにあう女は忘却に脱ぎ捨てて今　夏のドレス

わが胸の夏の字水色海の色　一直線にあの少女期へ

午後二時の夏あふれいる白熱の少年野球のじょう舌も入れ

一匹が六十円のおたまじゃくし　字足らず言葉で横を通りぬ

もしもしも三億円が当たったら　かりりかりりんのどあめを噛む

ハワイの太陽

わずかのみ覗きし太陽わが飛機がぐいと引上げハワイ明けたり

憧れのハワイ射程距離なればアロハオエの流れくるなり

異国橋渡ればハワイ　ほらごらん女と並んでＷＯＭＡＮとある

訪問のあいさつ海をかき混ぜてウェルカムザッポン返礼されぬ

トロピカルトロピカルと射してくるゆったり大きなハワイの太陽

マウイ島の樹に咲く花のむらさきを忘れぬために眼《まなこ》を閉じる

イヴンです父がつけてくれたのは「ナミコ」真珠湾を案内します

「私の父は日本人です」イヴンの背に射すまっすぐなハワイの太陽

雪の色雪の香りをどのようにイヴンに言おうかワイキキビーチ

みんなみのココナツの肌のやさしくて女性を包むように話せり

「素敵な女《ひと》はいくらでもいいいんだよ」バスドライバーの柔らかき声

ジョークの気がきいている運転手の手より溢れる一ドルチップ

トイレットの下より靴が見えているアメリカ合理主義に慣れ行く

ビヤダルが歌う３／４ビート揺れてクルーズ揺れてワイキキ

約束の七時一分過ぎなればたちまち沈むハワイの太陽

新聞をスチュワーデスが持ちくれぬ　巨人ヤクルト大乱闘なり

Tシャツのハイビスカスを香水を並べてわが部屋ハワイ州札幌

ニッポン

ニッポン人「ウチハ貧乏デス」言イマスガ、ブラジルノ貧乏ナンテ、モウ……

日本ノヒト今ハ大キイデスネ、トクニ若イ男ノヒトガ……

カナダデハボーイフレンドハ、特定ノ男友達ノコトヲ指シマス
セッカク結婚シタノニ日本デハドシテ毎日遅イノデスカ

交換留学生

思いがけず英語で話しかけられてカナダ女性と目と手で話す

読み方は「あ」と「お」がとても難しい「あはよう」になるとからかわ
ら笑う

「私はデブ、日本女性は細いわねぇ」答に詰まってため息になる

指折りて滞在するのは八ヶ月良かったあなた雪まつりがある

「また今度」手をふり笑顔で別れたり名前は告げず名前を訊かず

これよりは不思議の国へ入りますアンティーク人形《ドール》・燭台《キャンドル》そして

たゆたいてそしてシャボンは弾けたりおとぎの国より心戻りぬ

主婦たちの秘密結社会議中グルメ情報今度行く旅

夕暮れを夜へ引き込む虎落笛《もがりぶえ》わが鍾乳洞をかきならしつつ

胸にある真白きピアノほろほろと時に奏でるショパン　初春

地球を知りたい・パリ

右足からあこがれのパリに着地してああ空気さえファッショナブルで

名にしおうシャンゼリゼ通りのレストラン名にしおうこれが蝸牛《エスカルゴ》

まいまいのにんにくバターすんなりと胃に収まってパリはこれから

シャンゼリゼに太っちょ男が椅子ならべ私はみどりの風になった

札幌に豊平川パリにセーヌ豊かな水持つ人らのほほえみ

ああれがノートルダムで……カジモドが鳴らすはずの鐘の音をまつ

私はたぶん不思議なエトランゼパリのまなこがすいと流れる

地球を知りたい・ルーブル

ガイド言う「箱入娘になりました」ガラスに歪むモナ・リザの笑み

無言にてただ視つめいる大勢の一人にわれもなって「モナ・リザ」

あまりにも有名すぎるモナ・リザのどう眺めてもジグソーのまま

モナ・リザの微笑み密かにまねてみるほほほでもなしふふふでもなし

ギョロリと目をむいているナポレオンパリはしっかり自己主張する

教科書にいつか見た絵がうれしくて学校教育たいせつである

ピラミッドの真下に立って見上げればここはやっぱり地球の中心

地球を知りたい・ロンドン

ロンドンのさくら亭にてさりさりと茶を運びくる広岡瞬

まぎれなく広岡瞬と確かめて突如われらはミーハーになる

「抜けがけは許さないわよ」茶を入れる広岡瞬を三等分する

屋根なしの二階建てバスたくましき半裸の男が着ている太陽

直立の衛兵交代おそらくはもとの絵本へ戻り行くはず

衛兵の熊毛の帽子わさわさと揺れつつ近づくロンドンの夏

りりしくて美男《ハンサム》揃いがうれしくて許しめされよ女王陛下

物語の渦中の恋こそ美しき妃棲みいるケンジントン城

いつの世も王子と王女はりりしくて美しいはず　ああバッキンガム

腰かがめ先にどうぞと促され乗るエレベーターのホテルヒルトン

地球を知りたい・ドイツ

ミモザ咲き菜の花ふふふ金の陽にほほえんでいるロマンチック街道《ロード》

ペチュニアの赤愛らしきつぐみ通りわが札幌の小路にも似て

裏ごしのマッシュポテトのぷわぷわわこれが本場のホワイトビール

山積みの日本語案内ライン川のみなもと辿ればおそらく日本《ジャパン》

流れくる美しき音楽《メロディ》わが船にぐぐいと迫るローレライ岩

かぐわしき伝説を持つローレライ荒く険しく猛き岩肌

紅茶を飲みつつ左右に見る古城明日の今頃ノイシュバンシュタイン城

地球を知りたい・カッパドキァ

よそ者としてか女としてなのかまばたきもせず視られいるかな

欧米でもアジアでもなき中東の男の眼の熱きアンカラ

突然に火星に到着したような不思議な奇岩の続くカッパドキァ

窓付きの奇岩には人が住んでいる　グリム童話の谷を行くなり

あまりにもラクダに似ている岩の前私も並んで撮影待ちぬ

ギョレメの谷にさす夕陽の美しさ　十四時間も飛んで来たんだね

わが地球《はは》の内部へ内部へ下りて行く地下八階の都市カイマルクを

隠れ住みしキリスト教徒を思いやるざらり岩肌暗き地下都市

カイマルクの歴史もまた宗教をぬきに語れぬ　空気重たき

ガイドより信仰の強さ聞かされつつ地上に出れば緑美し

竜田姫

ナナカマド朱《あけ》に色付き始めたり今朝は世界がとても大きい

黒岳に秘かに秋は来ていると　おいで、私のためのペガサス

チェックとジーパンたちが傾《なだ》れ込む喫茶「銀杏」のきらら金色

金色の薔薇のカップでコーヒーを倦怠《アンニュイ》の肩に寄りかかりつつ

思いきり窓を開けてよ　竜田姫が金の小袖でノックしている

まぼろしの螺旋階段かけ上る空、海、山、風、オール秋《オータム》

ベランダにころがる蜻蛉の骸よりにわかに秋は影を濃くする

淋しいと思ってしまった神無月五月にあげたやさしさ返して

秋の雨

幻のビデオテープのボタン押す私の今日がいま始まれり

降りもせずぐずぐずぐず陰気な秋の空判事は「死刑」を言い渡したり

ポテトチップの箱をふりふり地下鉄にルネサンス語る少年二人

私のアルトの声に絡みつきまとわりつきて秋の雨降る

直角に宣伝ペーパー《ティッシュ》渡されぬＯＮＬＹ・ＬＡＤＩＥＳの電話番号

誕生日《バースデイ》プレゼントあなた何がいい？　鰐にリボンを掛けて贈らむ

秋桜は夕べのさざ波さわさわわ海藻のような黒髪揺るる

ぽっかりと空にあいてる大き穴光は異界からも降り来る

コーヒーのカップに捕えし満月は飲もうか壊そか天に帰そか

指二本使ってカーテン引きおりぬ今日の終りが少し惜しかり

朝の水

ぎやまんに朝の水を満たしたり昨日より今日美しくあれ

如月に味噌作る友電話より大豆ほかほか匂いくるなり

行く時も戻る時にも吠えられぬわれはこよなく愛されいむか

立ち止まり杖の老女をゆうらりと行かせ雪の歩道に入れり

雰囲気が似ている少し似すぎてる母恋通りを尾《つ》いて行くなり

「まっ先にあなたの歌を読んでるの」今日の黄薔薇のきらら金色

少年は天に向かって発進すブランコのみが揺れてる公園

美しき語りべ悲恋よみがえり千の静が舞を舞いおり

白き芍薬

ほほえみがいいねとまたも誉められてほころび行くかな白き芍薬

太陽に金の翼をきらめかせ子らは遊具をつぎつぎ跳べり

歯ブラシと正油の隣の桃色のアルストロメリアに続く青空

きりり着るかすりの着物　毬つきの子が招く絵の世界に入らむ

ちんまりとまあるく座って我を視るシルバータビーのまんまるい瞳

「あなたと恋をしたいな」紅茶飲むように八十歳に口説かれおりぬ

ダイレクトメールだに来ぬ十二月十六日はただだに暮れたり

雪まつり

雪まつりの聖母マリアの頬に降り涙になろう　わたくしは雪

ぬばたまの闇をはばたき帰り来てそ知らぬ顔のふくろう雪像

なにかこう楽しむようにくるくると雪像回って風が行きたり

おそらくは台湾からの訪問者手袋ぬぎて雪像なでおり

中国語英語韓国語《ハングル》並びいてふうふうふうと甘酒を飲む

胴上げの長嶋監督なだれ落つショベルがこわす雪像・青空

まず耳の辺に一撃ぶっとんでミッキーマウス雪にもどりぬ

崩さるる「トレビの泉」あの日見た泉はきらきら美しかった

「うーん、勿体ないですね」と男言いたちまち神殿氷のかけらに

「豪快で迫力ある」と女言いやがていつもの大通公園

白百合

降るような緑に透ける白い蝶その絵の世界に私を招《よ》んで

ハワイ旅行の友より届きしエアメール如月ふいに暖かくなる

私に向かって微笑みかけるよういま目の前で咲きし白百合

私がしっかりあなたを見届けるはらり散りそな百合にささやく

この雨が夜から雪になると言う書きかけの手紙今日もそのまま

すみれ

春の野に佇《た》てば光を誰よりも集めるサリドマイドのたか子

指のなき指もて一途に英会話プリント渡しくれいるたか子

空気から一語一語を絞りとりたか子ようよう話を始む

まっすぐにロッド・スチュアートたか子呼び大きハンカチ渡しくれしと

ひたすらに日向をさけて生ききしや白く可憐なすみれの花の

ノロノロリ

ノロノロリモタモタモタヨロヨロロ　歩きいるなりたらちねの母

母の母母も脳梗塞症地球《テラ》のかすかな点とし生きる

生きることの疲れを全て吐き出しているのでしょうか　あなたのため息

ため息をひとつつくごと深くなる葉月の雨のあじさいの瑠璃《あお》

青錆し想いさびさび暮れ残るサビタの花の仄白さかな

かなかなしかなかなしいと鳴く蟬のいずくまでもが緑の葉月

葉月つき月のまほろばいずくんぞ目指し行くはやひとつ白鳥

かしわ木の波打つ心おさえかね海に佇ちたり小樽の海に

生まれて良かった

ひまわりに生まれて良かった　七月の金の太陽顔あげて受く

花雲に生まれて良かった　未来浜のおさなご守る日傘のように

聖書《バイブル》に生まれて良かった　これ以上君を支えることはできない

チーターに生まれて良かった　砒素カレー不景気倒産ひたすら逃げる

自販機に生まれて良かった　なあんにも想いはしない悩みはしない

ビオロンに生まれて良かった　いつの日かひたすら君に弾かれるを待つ

満月《ダイアナ》に生まれて良かった　洞窟の寂しき兎の耳を照らそう

エメラルドに生まれて良かった　私の魔法で地球を緑に変える

人間に生まれて良かった　むくむくのラブをしっかり抱きしめながら

私に生まれて良かった　くせっ毛をかきむしりつつ歌作りつつ

著者プロフィール
水間 明美（みずま あけみ）
北海道札幌市在住。

第38回北海道歌人会賞「準入選」、平成８年度NHK学園全国短歌大会「大賞」、平成18年度NHK全国短歌大会「特選」、その他、NHK全国短歌大会において「秀作」「入選」多数。昭和57年舟橋賞「準入選」、「岬」競詠「入選」。

共著の歌集：
『合同歌集「みち」』（昭和61年刊）
『合同歌集「秋櫻」』（平成４年刊）
共著のエッセイ集・童話集：
『合同随筆集「堅香子」』（昭和61年～平成２年刊、全５冊）
『ちょっとモノローグ　パートⅢ』（中西出版、平成８年刊）
『ちょっとモノローグ　パートⅣ』（中西出版、平成10年刊）
『ぼくのおばけ』（札幌市、昭和57年刊）
『夕ぐれどきのあったかバス』（札幌市、昭和60年刊）

恋姫人形 上

2008年５月15日　初版第１刷発行

著　者　水間 明美
発行者　瓜谷 綱延
発行所　株式会社文芸社
〒160-0022　東京都新宿区新宿1－10－1
電話　03-5369-3060（編集）
03-5369-2299（販売）

印刷所　図書印刷株式会社

ISBN978-4-286-04480-4　　日本音楽著作権協会（出）許諾第0802916－801号